LOCUS

LOCUS

catch

catch your eyes；catch your heart；catch your mind……

catch 179　凱西陪你玩設計

作者、繪圖：凱西‧陳
責任編輯：繆沛倫
美術設計：何萍萍、林家琪
法律顧問：全理法律事務所董安丹律師
出版者：大塊文化出版股份有限公司
台北市105南京東路四段25號11樓
www.locuspublishing.com
讀者服務專線：0800-006689
TEL：(02) 87123898　FAX：(02) 87123897
郵撥帳號：18955675
戶名：大塊文化出版股份有限公司
版權所有　翻印必究

總經銷：大和書報圖書股份有限公司
地址：新北市新莊區五工五路2號
TEL：(02) 89902588 (代表號)　FAX：(02) 22901658
製版：瑞豐實業股份有限公司
初版一刷：2011年10月
定價：新台幣260元

ISBN 978-986-213-274-6
Printed in Taiwan

國家圖書館出版品預行編目(CIP)資料

凱西陪你玩設計 / 凱西‧陳圖.文. -- 初版. -- 臺北市：大塊文化, 2011.10
面；　公分. -- (catch ; 179)
ISBN 978-986-213-274-6(平裝)

855　　　100016198

凱西陪你玩設計

凱西‧陳

設計之初

事實上這本書本來不是這個樣子呢！

這書本來應該是滿滿的各式各樣習作、觀察和diy的作業本，但想著想著正式開始做的時候就變成一本談設計的書了。計劃趕不上變化，變化還是得要我來畫，想想寫寫、想想寫寫一年就這樣過去了。很快的，大概幾小時後書就要上機印刷，我突然想起一件忘了很久的事——為什麼讓這書變了樣的事。

早上和爸媽一起吃早餐，爸爸發現昨天看起來還很勇健的龍眼今天變得乾癟癟，一碰就掉，想要剝開殼時，果汁還很來勁的噴了出來。「壞了。」媽媽很遺憾的說。將一整盤散落下來的龍眼送進回收筒時，突然感到悲傷。我跟媽媽說：「有時候真替這些水果難過，奮力的長大開花結果，被摘下了小心翼翼的送到賣場，再被歡天喜地的買回家供佛、準備好要被吃掉，結果還輪不到被吃掉，就先枯萎給送到回收筒。水果的一生真的很無奈啊！」媽媽笑得很開朗的告訴我：「不會啊！水果一生的任務就是好好長大然後傳宗接代，只要子子核核有機會落地，它的任務就完成了。」啊！太好了！恭喜啊！這麼樣明確人生和任務，真是太好了！那麼人呢？我呢？任務呢？

大概所有人都會在某時某刻想著這個問題吧？我的任

務是什麼呢？在我剛剛二十歲的時候，有很大的野心想要造福大眾。我相信我是小小一滴就能將整缸水染色的super染料，所以我要努力創造出什麼讓大家追隨，然後，我的確就創造出了什麼，直到現在都還深深影響著六〇、七〇、八〇世代的東西。那是什麼東西？是文化、青少年的思想、文化和精神，是一種我手寫我口、認真思考、重視自省、努力了解自我的精神、勇於面對困難、困境中還能不忘搞笑自嘲、永遠有顆向上、朝光的心。從衣、食、住、行中都能發揮創意的精神，大家開始練習將字寫得和我一樣充滿童趣，不介意是否非得寫得一手好字，不一定要咬文嚼字、引經據典的長篇大論；寫寫短句、順便畫點小東西更能貼近真心還能自娛娛人；絞盡腦汁拚了命也要想出有趣的字眼來中翻英，或仔細推敲選出發音最接近的字眼來將其他方言發音直譯成中文，或是給成語新的註解和生命。凱西的出現徹底改變了青少年文化。或者說，因為凱西的出現，讓大家的表現欲、創作欲都找到了出口。這些當然不能說是史無前例，但發揚光大的原因的的確確始於我在一九九五年出版的一本小小手記書《白上衣藍短褲》，大家的心開始變得自由了，掙脫了羈絆。很多話想說，用一種開朗的、愉快的、明亮的方式說。那麼，在大家的心都自由了之後，接下來我們該要做些什麼？於是我又陷入困境中。是什麼、要什麼、做什麼……接下來要達成的任務是什麼？幾經省思，我似乎能確定找到答案了。答案是，讓生活更美好、心情更清朗。如果說

二十多歲的我是一滴super染料，現在的我，應該要是mega明礬，我必須要努力讓自己讓大家的心都定下來。

如何讓大家心定下來？在尚未能好好修心之前，能做的就是安撫，盡其所能的排除一切能擾亂能左右心緒的東西，那就是設計。建築師設計一個安全牢固的空間，室內設計師讓空間變得舒適，家具設計師和種種設計師做出了便利生活讓人心情愉悅放鬆的家具和小物。所有的設計都應該帶給人向上的正面的能量，這也正是設計令人著迷之處。設計除了最基本的便利和美觀的功能，設計也被賦予了深層的任務。好的設計能帶你上天堂（笑）。是！好的設計就是要能令人平靜愉悅，更專注在自我追尋的事物上。設計為人類排除了改良了進化了一切的繁瑣不便，那我想我這個階段的任務就明朗了。設計！我想和大家談談設計。設計不僅僅是一份工作一個職稱，設計是讓我們手擋腳踹伏外敵，心定氣順面朝光的藥方。設計！我終於想起這個任務，我要和大家談設計，一起學習對設計最基本的概念，我們1617繼續往修心修性的美好人生出發！

在此要特別的感謝知音公司的總經理賴先生，他創造了一個讓所有設計師都能盡情做夢，然後將夢孵成實境的空間。我很幸運，在剛剛要進入社會打拚時，就遇上了一輩子的「知音」。感謝賴先生支持我、教育我，並提供我這個美好的設計環境。

目錄

第一關
愛演內心戲

想要玩設計的人，
得讓自己常常處於「想太多」的狀態，
隨時都有想法，
換言之就是很愛演。
有時候真的很容易一不小心走偏，
成了A級諧星。

練習自問自答

如果從生活裡每件事物中都看到好玩有趣的點，還有辦法把它變成梗，那麼，你有絕對大有機會成為一枚設計人——或是A級諧星。

為了避免走偏了成為諧星，我給自己的練習是「自問自答」。

都還沒反應過來，就立刻切入主題；從自嗨的程度看來，貝北，我根本就已經走偏了啊！

學生時期，老師會在傳授新知後出習題給大家回家寫，讓我們從做習題的過程中學習；老師會提醒注意事項、提供意見，甚至給出正確答案，但進入職場後，可沒這回事。你只能在很短的期限內使命必達，沒有誰慢慢說給你聽，給你機會問問題；沒有誰會告訴你要注意什麼或告訴你那些要做的事該怎麼做，一切只靠你自己埋頭苦幹，但結局經常是通通被推翻，一切重頭來。

於是你會想，如果有個誰誰誰能告訴我該怎麼做就好了。

那個誰誰誰，where are you la?

既然現實生活中不一定有那個誰，那麼我們就要把自己訓練好，請務必和我一起養成自問自答的良好習慣。

好！
以五指為主題
五分鐘內
想五個創意
GO！

舉個例 🙂

比方我今天在咖啡店畫稿子，發現了這家咖啡店在廁所排隊的是男廁，女廁竟然不用排隊的怪異現象。

聽我說，這真的不尋常喔，一般來講需要排隊的一定是女廁；男廁排隊的狀況還真的從未見過捏。

於是我偷偷看了一下現場的客人，男女客人各半，但女客年齡層較高，我迅雷不及掩耳的推測出幾個可能性：

1. 年輕女生愛在廁所裡面磨磨蹭蹭，但年長女性上廁所速戰速決。今天使用者屬後者，所以女廁不用排隊。

很 reasonable 啊！不 reasonable 嗎？

2.這家店規定50歲以上的女客要使用男廁，所以女廁
　沒人排隊。

好過份喔！

3.其實今天全場都是男客（除了我），年長女客是偽
　裝，所以女廁不用排隊。

呃，稍微有一咪咪不可能啦！

這些推測不一定能得到證實順利求出正解，但答案正
不正確在這個練習中並不那麼重要，重要的是隨時隨
地養成嗅出問題所在的靈敏鼻，以及訓練自己找出答
案的推理能力。

是說你不用長得像柯南，但你必須
努力表現得像柯南。

就算答案很荒謬也沒關係。

哎呀！反正都可以推給毛利小五郎嘛。

在大部份的時間裡，對設計人而言，荒謬的答案更能
刺激靈感激發創造力。
所以，在這本書的一開始，特別劈頭就跟大家推薦隨
時練習「自問自答」，是因為在實際解決設計上的問
題時，「自問自答」的訓練結果經常都能派上很大用
場。

想想看：你無時無刻不在想著有的沒的問題和沒的有的解決方案。說說看，還有誰的提案能力和創造力能強大過你？

想太多＝設計人；貝北，你要習慣你的新暱稱哈！

不要一直說我想太多啦！人家也不想多此深思熟慮的呀！

你不相信設計人跟諧星
其實沒什麼差別嗎？

現在來看看，我當初是怎麼變成一個設計人。

學妹！
你那邊是
完好了沒？

剛從學校畢業
就去從小心神嚮往
的文具禮品公司應徵。
在公司裡遇見許多
仰慕已久的設計師。

和一些已經絕版的逸品，年幼的我
立即陷入瘋狂狀態，應徵完，
老闆十分含蓄的要我多出去多看看時
也沒聽出蹊蹺，反正就是死賴著佳。

說什麼都要進公司上班不可。

正式上班後發覺現實
並非像擠滿奶油花的
春季限定草莓蛋糕那般
美好香甜。日復一日
幫忙學長姊手工完稿。
一層層貼描圖紙，
明明輕薄透光。但完成 
的稿子幾乎透不出底稿方格紙上的
針筆線。我覺得自己不太像設計人，
而是完稿機器人，是程式設計有
瑕疵，容易出錯的特價型號。

小夾·好·了·

BEEE!

少年人:(有理想有抱負的那種)
要當機立斷,該走不能留。
　　揮拒了上司、學姊
　　　　留職停薪的offer

深信自己一定能
　成大器的我,不該一直停
在這個夢想王國裡安居樂業。
頭也不回的,就換了一個看起來蠻
適合我這國際知名(will be) 設計師
的工作。

在新公司裡，我負責畫活動海報、手製
菜單，辦辛小型影展、畫展。
(這些工作以前都是100% hand made)
因為和上一個工作屬性相當不同，
一開始的確很開心。但很快的
又悶了膩了。上班時間空檔太多，
我便和念書時一樣，用A4紙畫畫
當天穿著、生活上、工作上的瑣碎事。
又寫又畫完成後再偷偷摸摸傳回
上一家公司給同事。(同事都是同校的
學長姊；連老闆都是大16屆的學長哩!)

小的
向各位學長姊
請安...

第二份工作嚴格來說屬於餐飲業，再加上當時並沒有週休二日的德政，所以就算我只是個坐辦公桌的內勤，週末也得排班上班。

但就是因為我是坐辦公桌的人，週末上班時根本無事可做。於是，畫點東西傳真回前公司，就成了我週末輪班時的工作。

十多年前的傳真機多半是捲筒紙，前同事們在週一上班時，從一樓管理部門將我的傳的一大串fax拉上三樓設計部可就是有點引人注目的工作。

還在前公司上班的同學，每週一都會表演一次這項特技。終於這囂張的行徑，被位居二樓的老闆大人看見了（或者其實是忍無可忍也説不定），就叫還在那公司的同學打電話給我，要我回公司一趟，討論如何處置這一長條一長條的傳真。

完蛋了！
我壓根沒想到傳真會被發現（怎麼可能不被發現）！
這才驚覺自己太誇張，濫用公司（前公司和現任公司）資源。完蛋了！老闆一定是要我回去賠錢。
搞不好還會以張數計費，乘上100來勒索我！完蛋了！
我一個月才領14000，死定了！
連著在夢中哭了幾天，終於還是（不得不）勇敢的回前公司找學姊。

還好，原來老闆叫我回去不是要我賠錢（天啊！我還
真是以小人之心度君子之腹），而是要跟我商討這麼
多的捲筒圖，「總該有點建設性的用途吧」！
「什麼有建設性的用途？」
「就是來設計個什麼東西拿來賣啊！」
什麼！就這樣嗎？
我竟然就因此真正的變成了一個設計人了！

第二關
化不滿為動力

對生活感到不滿足，

看一切都不順眼，

總覺得一切都有改良的空間？

嘿！恭喜囉！

你絕對具備了設計人的潛在基因！

設計源自於對生活不滿意

如果你每天醒來滿腦子都在想,怎麼讓日子過得更美好、怎麼讓生活過得更便利,那麼,毫無疑問的,你就是一個擁有設計基因的人。

敬!!基因工程裡的新發現。

但在這個到處都在強調「設計」的年代,到底「設計」是什麼?

就積極面來看,設計是去開創一個新的東西。它可能可以讓你生活更舒適、視覺更美觀、使用更便利,或者讓你體驗、共鳴一個情緒、享受一個氛圍。

就消極面來說,設計是要推翻或改良一個舊的、不足、不美的東西。

所有的設計跟創作都來自於對生活的不那麼滿意——我不滿意它的顏色、大小、功能,我就是看不順眼,我買不到我真正想要的東西!所以我要設計!

沒有一個設計是因為覺得「現在這樣真是棒呆了」而產生的。如果對現在感到非常滿意,這樣的你很難成為一個好的設計人,你的設計永遠只會是錦上添花,甚至多此一舉。

最可怕的設計是，「我覺得它的設計棒呆了，我也要來弄個類似的設計。

大部分的設計人都是在某種強大不滿情緒下，爆發出極大的動力，創造出令人驚嘆的作品。這個時候你的情緒能量最強，你強烈的想要改造、想要革命、想要推翻什麼，這樣你才能真正創造出什麼。而這就是「設計」。
不過話又説回來，別認為剛剛提到的「改造」、「革命」、「推翻」，就表示非得做出一個很偉大的什麼什麼才叫設計，有時候一個極小的甚至聽起來蠢到不行的想法，都可能因得到大家的共鳴，成為一個非常受歡迎的設計。

我的作品大概都屬這類型。

做做筆盒

我設計過一款暢銷數十萬個長銷十數年的筆盒，這款
筆盒的設計原點其實是源自一個蠢得狠的理由！

我是一個壞學生，打著資優生招牌，
其實功課超級火爛。不怎麼認真唸書，
上課猛流眼油，打瞌睡。雖不至於在
課本上塗鴉（我都另外準備 sketch book）
但吃吃泡麵、擠擠粉刺還是免不了，
這些高難度動作，對屁股黏在椅子上
不抬頭不巡堂的老師來說雖不易被
察覺，但知己知彼，總希望自己能
更加掌握
敵軍動向。
這時候，
在桌上放置一面鏡子，
可就重要了！

啊哩!

上課擠
粉刺是嗎?

但鏡子它就是個鏡子，一點都不含蓄；
上桌就一整個露餡。太容易作繭自縛，
死得，所以使不得。　我(偽)積極進取，
奮發向上(下)，(反)勤學習的求學生涯，
面臨了前所未有大難題。課堂上想
美化市容，擠擠粉刺，考試中使點小技巧
促進好成績的同時，需要確切掌握
敵軍動向，該怎麼辦？
我也到了不擠不可的年紀了呀！
時光飛逝如閃電。我帶著無法課堂上痛快
擠粉刺的遺憾順利畢業，離開校園。
但身在知音心在漢(?!)我一直掛著這個
遺憾。一心一意想為同樣因此飽受
煎熬的學弟妹們盡心力。

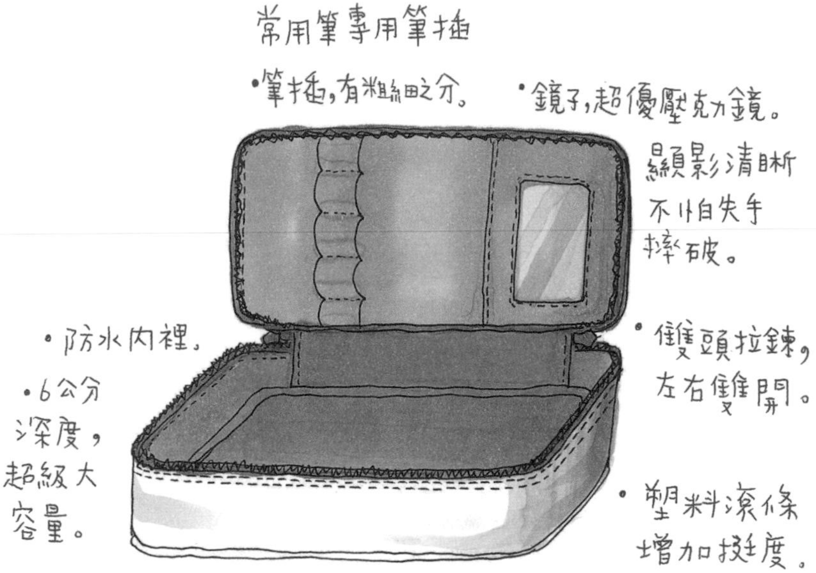

常用筆專用筆插

•筆插,有粗細之分。　　•鏡子,超優壓克力鏡。

顯影清晰
不怕失手
摔破。

•防水內裡。

•6公分
深度,
超級大
容量。

•雙頭拉鍊,
左右雙開。

•塑料滾條
增加挺度。

・寬版提把,方便攜帶。可以直接當小提包。

・電繡
圖樣設計。

・有孔拉錬頭
可自行綁上
絲緞帶裝飾

・輕防水,
耐骯髒,
而耐用之
尼龍布。

・電繡織標,
不可或缺的小細節。

・背面的透明
小口袋可放入名條
不怕被拿錯。

一個春到火暴炸的理由,竟能得到如此

廣大的共鳴!世界真是奇妙啊!

我非常喜歡逛便利商店，在便利商店裡頭，從商品的擺設、動線的規劃，到現在流行什麼，甚至任何微不足道的地方，都是設計人可以參考的地方。我常在下午畫圖畫累的時候，去附近的便利商店覓食，放學時間一到，小學生們真的跟熱帶魚一樣瘋狂的魚貫而入，原先在算帳、整理貨架看似悠閒的店員則迅速的就定位站好——思樂冰、關東煮、結帳台，迅速的消化吵鬧的小學生排隊人潮。

所以，今天的習題是：我希望你在小學生下課時間去一趟便利商店，看看你從中學到了什麼。

第三關
不乖，怪怪的力量

人人都在談創意，

其實，

創意說穿了，

也不過就是不想照著別人的路線走，

自己想辦法找出一條（自以為）省力的路。

是說：變通也能成大器

「別太乖，要怪得厲害！」這是我對所有設計人的心靈喊話。君子不器，愈是不受限於一般既有的想法，就愈能創造出令人驚嘆的設計。

我向來不怎麼照著參考手冊學習。深信一定要從做中學，硬碰硬。

明明石並的是"軟體"啊！

就是要發展一套自己做事的方法，這樣才有機會從制式的規則下創造出獨有的特質。

說白了，就是不受教的怪癖。

最近開始學打版做衣服，第二堂課老師出了一個作業，要我們做一件A字裙，但半開式的拉鍊實在太麻煩我弄不來，索性讓拉鍊直接從上到下直接拉開把裙子變成一整片。

報告老師，我帶了"一片"裙子過來。

阿姨啊！
我就是不會車，
我會車，就去
賽下了！
（↖這裡是笑點，
請笑納哈！）

媽媽級的學員對我這片裙子後非常不贊同，紛紛大力批判，「哪有人裙子做成一片的，這樣穿不能看啦！」「拉鍊不能開到最下面啦！」罵得可狠著呢！

真是麻煩，我就是做不來嘛。

不過，老師反而覺得這種開拉鍊的方式很有趣，幾個年輕的同學也湊上來熱烈討論起來，大家七嘴八舌討論這條裙子可以怎麼搭配、怎麼穿。
可以往上拉，穿在胸上，變成小洋裝.穿在肩上成披肩。誰說裙子一定得是裙子？為什麼裙子不能當成小洋裝？

為什麼裙子不能當帽子…

因為這樣穿，完全看不到路…

因為不想給自己找麻煩，所以常不小心做出還不賴的設計，再加上各式各樣傳賢不傳子的怪癖，讓我的設計作品開始走出一條康莊大道。

或者，其實是羊腸小徑？！

裙子可以只是裙子；裙子可以是洋裝,是斗篷
裙子可以是任何你希望它扮演的角色。
設計師給你一個演員,你給演員不同的
舞台,上演你導演的戲碼。

"身體是舞台；服裝是演員。" — cathie WH chen salute

做做杯子

我雖然沒有特別的潔癖,
或者說我小邋遢也挺合適。(笑)
但對於杯子的就口方位,
我本人可是要求得狠嚴格。

Here , Here !
只有Here 我喝。

這是一個就口有
困難的方位;

握柄上方。正常人不會由這
位置喝。所以我占領了!

(插上小旗幟,代表攻下)

從這個小怪癖可以發想出
什麼別出心裁的構思呢?

我正努力,發揚光大我的怪癖。

好用的設計

好用的設計分為兩種：一種是可能性很多，不管你怎麼用都沒錯；另外一種則剛好相反。

可能性很多的設計會讓你正著用、反著用，或者想像不到的方式，使用者都可以用。比方說一個包包裡面的隔層很多，卻不限定這些隔層一定得怎麼用，這樣使用者就可以自行發揮創意，怎麼用都可以。

也就是說，這種設計等於是使用者跟設計者共同完成的一個設計，它開放了無限的可能性，邀請使用者一同參與設計發揮創造力。

另外一種好設計的概念則剛好相反，它封閉所有其他可能性，只留下一種功能，也就是「除了這麼用，根本沒有別的可能性」，這樣反而可以讓使用者發揮直覺（反正也沒別的可能），連說明書都不需要，買回家立刻就懂得怎麼用。比方說很多DIY的傢具，它的卡筍只可能有一種組裝方式，又或者現在電腦的接頭，如果你接錯了，就肯定插不進去。這種「只有一種可能性」的設計，因為絕無出錯可能，同樣也會是一種好設計。

變通也是設計好點子

如果你是一個專業的設計者，你會發現，就算再有把握的產品，在腦子裡面想得頭頭是道，卻很容易因為現實因素而需要大改或者重作。

千萬不要因此灰心，有時候，這些害你不得不重作、重想出來的變通方案，可能會讓你做出更有趣、比原先更好，或者是你想都沒想過，完全不同的好設計。

以我從事的文具設計而言，最常遇到問題的都在於材質。比方說設計萬用手冊的時候，我想把什麼東西都放在萬用手冊中──這其中，我最想要放的是鏡子。但當我去樣品室拿了各式各樣的鏡子來試時才發現完全行不通，因為鏡子有厚度又不耐摔，根本無法放到手冊中。

後來想到可以用壓克力鏡，壓克力鏡雖然顯影效果不那麼好，但是厚薄尺寸都可以不受限，而且上面不但可以印東西，還可以開刀模軋型，結果反而讓設計自由度更大，也因而做出更有趣的商品。

此外，也發生過因為想用特殊材質卻不好印刷的經驗，但我想，既然不好印刷，那就乾脆做成書套形式，讓消費者可以自行把封面抽來換去，結果成了一種新的流行。

從事設計這一行，你不需要把自己限制得很嚴重，稍微把規則放鬆一點，你會有更大發揮創意的空間。

另外一個例子比較慘，但其實還滿好笑的。

以前我們公司曾經想要做乾燥花貼紙——理論上只要能上背膠的都能作成貼紙，所以我們就進了一批乾燥花，有花、有葉，甚至連樹皮都有，然後根據這些各式各樣的乾燥花，設計了貼紙，拿去上背膠，一切看來都很美好，而且剛開始也的確賣得不錯，不過沒想到……乾燥花裡面有蟲卵，上了背膠之後，這個貼紙過了一陣子忽然就有了生命了！

我們公司大多是女生，大家就一邊尖叫著一邊把這
（好大一）批有生命的貼紙拿去銷毀。

但是我們老闆還是想做這種天然感的東西，所以就重
新回到材質本身來思考。除了直接用塑膠花之類的素
材，還有什麼方法可以讓貼紙更像大自然的東西。
最後的變通之道，就是我們用多媒材壓凸壓凹、精細
軋型，做出多層次感；果然成功開發出一系列獨具特
色的新產品。

除了這樣還能怎樣

不瞞您說其實我是扁平足。

我一直以為是"扁平族"。然後默默想著，
"啊！我果然有原住民血統啊！"

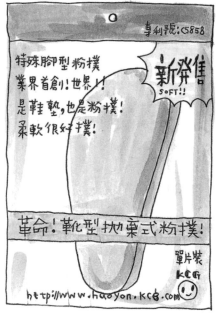

特殊腳型粉撲
業界首創！世界！！
是鞋墊,也是粉撲！
柔軟很好撲！

新發售
SOFT!!

專利號:C5858

革命！靴型拋棄式粉撲！

單片裝
KCG

http://www.haoyon.kcg.com

我已經申請多國專利了
有興趣取合作的廠商
歡迎你們喲勹！

醫生囑咐我盡可能穿跟高約三公分的鞋，但下輩子才會當高個的我這輩子就先異常執著地熱愛平底鞋。昨天，我照舊穿了平底鞋出門逛書店，大家都知道，逛書店很容易就高估體力、忘記時間，等我發現逛太久，腳跟已經痛到一個不行。

還好旁邊就有日本小物店，但一對日本進口的鞋墊大概就是我腳上這雙布鞋的價錢！像是火災現場一手一架大型家電、腎上腺素暴衝的瘦弱女子，情況危急的我不得不分泌一點設計人的腎上腺素！我想到，不如去買一包拋棄式粉撲，不但可當鞋墊，洗一洗還可以拿來化妝。

危險動作，請勿模仿。

一舉兩得！接下來的十年內我都可以安心逛街兼補妝囉！耶！
現在你也一起來練習發揮創意，將兩個用途截然不同的商品結合成一項新商品吧！

你玩過這個遊戲嗎？

就是你可以拿相機，每天固定的時間，拍下天空的某個角落，或者每天固定的時間，拿相機臉部自拍，一段時間之後，看看天空的臉或自己的臉有什麼變化。

我們的便利店創意觀察也可以玩同樣的遊戲喔！

玩法：每天固定一個時間：可能是早晨的上班尖峰時間，或者是下午悠閒的時光；在便利商店觀察一下那些店員與消費者的互動，同樣的時間，連續觀察七天。

第四關

懶洋洋與累死你

設計這件事情要空想很難，
想要切入正題，
不妨試試看歸納法，
然後再用演繹法展開。
抓住人們想要懶洋洋的心態，
設計出不知不覺累死你的商品。

懶洋洋vs.累死你

若決心以「設計」為工作，必定很難只設計一項商品就直接賣到地老天荒。可是要怎麼保持源源不絕的設計創意，讓創意就像牙膏一樣一擠就冒出來，讓你的設計靈感可以如自來水般扭開就源源不絕？

我提供兩個相對的概念，一個是懶洋洋，一個是累死你。在創意發想的階段能派上用場。

「懶洋洋」，只要你想得出來，所有讓人得以偷懶的設計，都很容易成功得到共鳴。比如讓你躺在被窩裡頭就可以上網、收信、打屁、玩遊戲、拍張裝忙照片的手機，或者只要一本，裡面除了變不出錢以外其他應有盡有all in one的記事本，或者帶一把瑞士刀，從修修馬桶到切切水果，吃完剔牙順便磨磨指甲樣樣行。

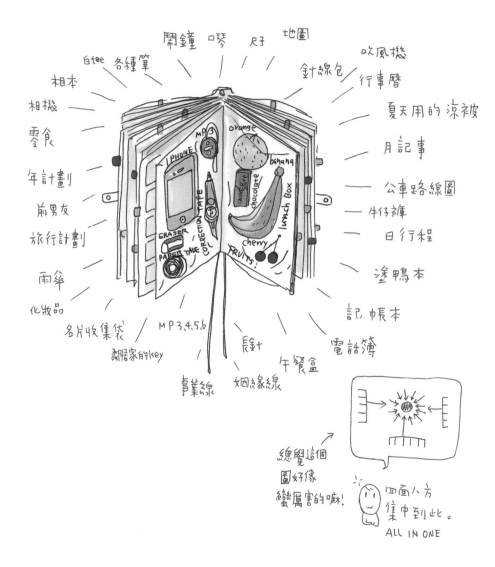

鬧鐘 口琴 尺子 地圖
白tee 各種筆 吹風機
相本 針線包 行事曆
相機 夏天用的涼被
零食 月記事
年計劃 公車路線圖
前男友 牛仔褲
旅行計劃 日行程
雨傘 塗鴨本
化妝品 記帳本
名片收集袋 MP3.4.5.6 長針 電話簿
剛暫家的key 午餐盒
事業線 姻緣線

MP3
orange
iPHONE
banana
chocolate
inkseal
ERASER
CORRECTION TAPE
PAPER TAPE
cherry
FRUITS!
lunach Box

總覽這個
圖好像
蠻厲害的嘛!

四面八方
集中到此。
ALL IN ONE

「累死你」則是相對於「懶洋洋」的反向思考。以某種「大家一定都會有」的商品為中心，圍繞著這個商品，想出一切分工很細的「專用」輔助商品。

切記!!口訣是：專用！

這種設計概念的運用，在日本商品中被發揮到極致。舉個例：比如現在大家都一定會有手機，於是出現各式各樣的保護套、保護貼。

報告阿SIR！我軍已被手機殼子攻陷了！

除了殼子之外，還有手機專用架。
相信還有正在開發中的手機專用架之專用保護套、手機專用架之專用保護套之專用整理盒也將沒完沒了的發展下去⋯⋯說是累死你，但這活脫脫就是商機，讓消費者非買不可、乖不嚨咚地不斷掏出錢來買。

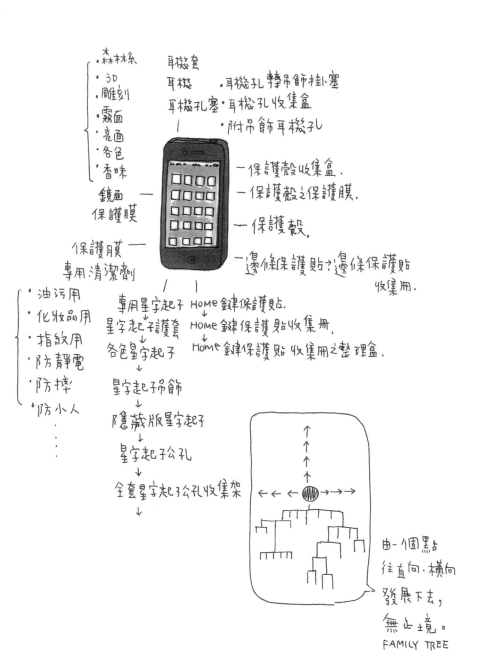

・森林系
・3D
・雕刻
・霧面
・亮面
・各色
・香味

鏡面 ——
保護膜

保護膜 ——
專用清潔劑

・油污用
・化妝品用
・指紋用
・防靜電
・防摔
・防小人
・・・

耳機套
耳機
耳機孔塞 ・耳機孔收集盒
・耳機孔 轉接吊飾掛塞
・附吊飾耳機孔

—— 保護殼收集盒.
—— 保護殼之保護膜.
—— 保護殼.
—— 邊條保護貼 ; 邊條保護貼
收集用.

專用星字起子 HOME 鍵保護貼.
星字起子護套 HOME 鍵保護貼收集冊.
各色星字起子 HOME 鍵保護貼收集用之整理盒.
↓
星字起子吊飾
↓
隱藏版星字起子
↓
星字起子公孔
↓
全套星字起子公孔收集架 ← ← ← ●→ → →
↓

由一個黑點
往直向 · 橫向
發展下去,
無止境。

FAMILY TREE

49

懶洋洋在生活上隨處可見

說到懶洋洋，「人生以省力為目的」這句標語是很值得設計人刺青在小腿肚上的。
今天我在咖啡店寫稿的時候，隔壁桌坐了一個歐巴桑，她把手機放在空的咖啡杯裡面。

呃！我猜想是空杯，但萬一不是，
也不奇怪，她也許想邊喝邊看著手機呀！
人生是以省力為目的啊！

我（自認為小心翼翼地）觀察了好一陣子才茅塞頓開，把手機放在咖啡杯裡，除了不必用手拿（省力！），還會自然的呈現四十五度角度，更利於閱讀，這真是了不起的創意！

杯型手機架預購中,可以放置手機;
也可以用來喝咖啡。

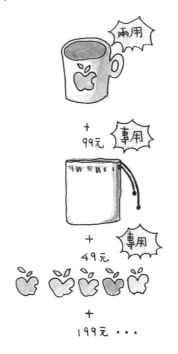

*小叮嚀:建議單次選擇單一功能使用。
可用99元加貝冓專用 收納袋。再加 49元
可以得到一個專用收納袋的專用DIY燙片,
(共有五種花色可選)。另加199可···

練，習題！

在這個章節裡，我們運用了歸納法（懶洋洋）以及演繹法（累死你）來做為創意發想的引子。

商品逐一開發後，將商品規劃成主題系列是很重要的。如果設計出來的商品東一個西一個，始終無法成為系列的話，在銷售成績上就會大打折扣；更何況對於一個設計人的生涯來說，設計規劃一整套的商品，是一個非常重要的里程碑。

現在，我們就直接到賣場上觀察看看。

現在很多文具店、藥妝店，甚至便利商店，同樣品牌的商品都會放在一起，並且用紙板作成一個小專櫃。這些專櫃小歸小，卻麻雀雖小五臟俱全。

有多少商品品項、哪些商品是主打，小專櫃的設立讓消費者一看就知道。

下次經過這些賣場時，你一定要仔細看看這些「小專櫃」，想一下如果是你，你會企劃、設計出怎樣的系列商品。

第五關
立刻動手做

創意想法都發生在腦子當中，

但很可惜的是，

如果老是停留在腦子裡，

那就只是停留在腦子裡。

動手做、試試看，讓創意變成商品。

別相信你的腦子！

這句話可真是悲慘，如果一個設計人不能相信
自己的腦子，難道得要相信自己的腸子？

我的意思是，當然，所有的設計都是在腦袋中發生
的，但是別忘了，得把腦袋中的東西變成真正的東
西，這樣才叫做設計，要不然就只是幻想而已。

將腦中的構思一步步實現的過程中，永遠記得要先作
假樣，然後一定要實際試用、反覆測試。

比方你現在正讀著的這本書，在最開始構想的時候，
其實我是很猶豫的——到底書的尺寸比例該怎麼拿
捏，左翻還是右翻，應該要有幾頁……就算這是我經
常要做的工作，但每一次要正式開始執行，還是得要
花點時間來想清楚，我在思考設計這本書的時候，
光是一個單元要幾個跨頁就想了好久（大概三十秒
吧？），頭腦不好使的我，從不選擇困難的、折磨自
己的方式做事。

於是二話不說，我立即拿紙來做假樣，依書本的折紙方式，裁出該有的頁數、實際的將配頁的規劃一一做出來。

像我們這樣充滿藝術氣息的文藝青年，千萬別相信自己的算術，那跟我們天生相沖。相信我，再簡單的東西，都鐵定會算錯，所以，認命吧！

好吧！至少我是認命了。兩位數的計算，
我也要反覆演算個幾次才能確定
答案或許可能有機會是正確的。
這是謹慎還是多疑？嗯⋯我想應該是
單純的 數學不太好吧！

拿出紙張做假樣！當你對這些細節部份產生疑慮時，與其花時間自我挑戰，不如真槍實彈的去做個假樣，幫助你實際模擬完成後的商品模樣。

切記！想像百般美好，一切唯以實際物品為準，這樣最保險啊！

讓自己進入工作模式的儀式：

在畫插圖的時候，一般來說都會在畫紙上設一個邊框，大部分的人都會用列印的，但是我就是習慣另外用一個厚紙板裁出一個邊框，每次要開始畫畫時，就先用那個厚紙邊框在紙上把我的邊界框出來才開始畫。這是一個費工的小動作，但是這個小動作卻可以讓我很安心。

一邊畫著那個框，一邊告訴自己，現在要開始工作了，要開始進入工作狀態。畫那個框，是我讓自己進入工作模式的儀式。

你呢？你有沒有什麼屬於自己的設計上的小習慣或者小毛病呢？

要不要也幫自己想一個專屬於你自己的小習慣，幫助自己找出一個順利進入目空一切的工作模式？

讓自己解除工作模式的鐘聲：

既然有啟動模式的動作，那麼也一定要有解除模式的鐘聲。

在工作完成時，我會在圖上或完稿上簽名。

這個動作會讓我自己明確知道這項工作已經完成到一個段落可以稍微放鬆下來，以使用者、觀賞者的身份審視作品後，繼續進入下一個工作。

現在你也幫自己設計一個簽名，在每一次工作完成時，都驕傲的把名字簽上吧！

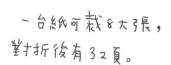

一台紙可裁8大張，
對折後有32頁。

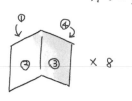

× 8

1張紙有4個面，
所以是 32頁一台。
你可以裁出8張紙，
疊起來後對折，
依理想的頁數，做出 4～6 疊。
寫上頁碼，這就可以拿來做書的假樣。

試用！
試穿，試戴，
　試背，試寫。
任何設計，
在做出打樣後，
正式生產前，
都一定要試用。
試材質，試印刷效果，
耐用性，實用性等。
設計稿中感受不到的部份
在打樣的時候都要
一一測試。
許多平面稿，甚至初樣看不到
的問題都會浮現。
與其接客訴電話，
不如在打樣階段就做好
測試的工作。

試聞！

練，習題！

關於簽名和標準字的設計：

在此我要公開一個不想說的祕密，
哎！真的是不想說啊！
實在是說出來就沒什麼了！
是說令大家趨之若鶩的凱式手寫字，
其實是；用左手寫出來的。
慣用右手的人，左手拿筆不會穩，
　所以不受控制的左手經常都能寫出
　有趣可愛的字骨豐。若你也想走凱派，
　不妨試試用左手練簽名和設計標準字。

　示範以 salute 這個字來簽名：

· Salute

· Salute

· SALUTE

· SALUTE

· SaLutE

①先用左手完成簽名，
②再反覆描寫，直到
　找出最棒的寫法。
③完成！今後這樣
　簽吧！

第六關
別小看公式

不是搞怪到幾乎沒有人能用的才是好設計，

相反的，

一個設計如果能切中大多數人的需求，

才算是好的設計。

設計也有公式

很多人認為設計一般大眾能用的東西這不夠藝術也不叫創意,一定要獨樹一格,要顛覆、要搞怪,要跟大眾口味背道而馳這才叫創意。但,我並不這麼認為。在設計的領域中,常見傳統派的設計人跟年輕的設計人設計理念大相逕庭。年輕一派的設計人常常覺得傳統派的設計多半是套公式,公式會抹煞設計的創意而不屑一顧。

不過,其實,公式之所以能成為公式,代表它的確經過嚴謹公正的統計與整理,大部分的人都是這樣的觀感,都可以接受,才會被廣泛的採用,所以大部份公式的參考值是明確的、肯定的、可採用的。

歐瘦。

夾八弟。

啊呀!人家也是年輕一派的說。

但我算是年輕軀殼老靈魂啦!(笑)

我的打版老師說：「我們打版師做打版的時候，是要做出讓百分之八十的人穿起來都好看。如果只憑自己的想法，不顧該有的公式的話，就經常會做出只讓百分之二十或三十的人穿起來好看的東西。這樣就會造成庫存。」

瑞典人認為最多人使用的設計就是好設計，這並非庸俗的想法，而是非常實際的反饋，沒有良好的基礎就想要創新，就算能成為流行，也只是淺層的一時性的東西，無法成為經典。

更別提如果連流行的熱潮都沒有，那只能說是一堆亂七八糟不知道是為了什麼而做的災難。

設計人雖不一定要將市場的需求和反應放在第一位，但也不能完全不顧及。總是想著立志做的是百分之二十的金字塔級，執意去做毫無根據的顛覆和革命是很多設計新手的志向或說是通病，這並非絕對不可行，但究竟是金字塔級的需求？還是做來自己開心？這就有請柯南來找出只有一個的真相了。（笑）

有志於成為設計人的我們，不能總是想著立志要設計給百分之二十的金字塔級的人使用；在百分之八十的人都能使用的產品中，還能見識到你的設計功力，這樣才真正叫做武告厲害。

關於自詡為百分之二十金字塔級專用設計師的真象…更多時候，其實是設計出來的東西曲高和寡，很難吞嚥，而不得不逼上塔頂。

用眼睛來講公式的演變

現在流行的卡通人物和我小時候的卡通人物造型有很大的差別。

比方說眼睛，舉個大家都熟悉的例子，迪士尼的米老鼠在1920年代末誕生，到1930年代之間，他是以缺一對開口的蠶豆眼示人，接著也曾出現一段沒有缺口蠶豆眼的時期，大約1940年代後期，開始在黑豆外邊長出白仁，白仁和黑豆的比例一直有些微的變化，這些變化跟時代的變化、人們的喜好息息相關，是一種公式的演進。

我媽經常陪著姪女看卡通，對現在流行卡通的了解比我還深，有天媽媽告訴我她觀察到一個現象，就是受歡迎的卡通在眼睛畫法方面是有跡可循，的確存在著「流行趨勢」。因為她在我們小的時候也陪著我們看過好多年的卡通，可說是有力的見證，這和我的設計公式論不謀而合。

正當我洋洋得意時，媽媽幽幽的告訴我：「所以啊，你畫的東西，跟現在小朋友喜歡的完全不同！很過期啦！」

和我媽、我弟小孩
一起看卡通;
多年沒看電視播出
的卡通,這一看
才驚覺,
我所謂的
可愛,貌似
已不適用於
‥‥現代‥‥

心中淌血
的姑姑。

今天的練習題就是，去找找這幾年的服裝雜誌，量一量上半身與下半身的比例，看看這比例是否隨著年代改變，如何改變。

另外一個練習題是，你可以觀察一下，你小時候最喜歡的漫畫人物（甚至是真實的偶像明星），以及現在最流行的人物，這兩者眼睛的比例是否不同，有什麼不同，能不能從兩者變化中求出什麼公式。

第七關
玩出商機

一不小心玩過頭，
滿滿一屋子戰利品？
Babe don't worry，
善用這些花錢的玩意兒，
還是有辦法找到贖罪的商機。

陷入玩物地獄的設計人

根據觀察，凡是設計人，都難逃玩物玩到走火入魔的境界。收CD、收漫畫、收雜誌、玩相機、玩各式各樣的3C產品。

這個收和玩，可是堅定不移地豐富了我的人生；掏空了我（少得可憐）的財富叩阿！

迷帽子、T恤、馬克杯、鑰匙圈、公仔，以及各式各樣的玩具……買得不亦樂乎，當面對他人問及為何如此瘋狂，設計人常備有淺顯易懂，開門見山的說法：「帽子一戴就不用管頭髮什麼的，我也有苦衷，你不會懂。」「喝茶要有喝茶的杯子，喝水要有喝水的杯子啊！不好意思湊合著用嘛！」「你總得開門吧？鑰匙圈很實用啊！」
乍聽之下合理到想「啪」的拍自己腦袋瓜。是喔！本來就該收集的。我怎會好傻好天真的還問呢？
但朋友啊！事實上，這一切的說法都為了要掩飾──其實設計人多半是千手千眼多頭多耳多足的房地產大亨啊！

是說，房產大亨用可愛的小key chain會否太賣萌？

喔！對了！玩具跟人偶這些小東西貌似也稱得上是設計人瘋狂收藏的對象。

看起來很不在乎吧！(笑)有種順道一提湊版面的fu.是否是否是否？…其實…我是草莓留在最後吃的那種個性啦！

那麼，就順便聊聊玩具囉！

其實內心波濤洶湧,正吶喊著吶!!

小人偶是最典型的「看起來沒傷，其實傷很大」的玩意兒。因為它尺寸小，單價也低，非常容易入手——而且常常是一入好幾手。

你會跟自己說：「反正這東西便宜，買來當紀念，丟掉也不可惜。」

小人偶有什麼功能？沒有！那你會隨便把買來的小人偶丟掉嗎？不會！

所以小人偶這奇妙的東西，就莫名的佔據了大家的櫥櫃、案頭和抽屜。

而且！在此我要特別提出來讓大家認真正視的問題是——經專家證實，小人偶具有細胞分裂般的特質，不買則已，一旦開始起了買買看的念頭，它們就會開始在你的地方倍數繁殖，不斷掏空著大家的荷包。

請大家務必要有心理準備。

看!這商品…高明!!

單價低與單價高

鑰匙圈與小人偶，屬於單價低而令人一不小心就掉入門檻，終究將你淹沒的小玩意。

身為敏感、花心又任性的設計人（這算是一種讚美嗎？）怎麼會安於這種門檻就止步？因此我們總義無反顧，玩著玩著不小心就玩大了。

我這幾年做過最瘋狂的事情是玩娃娃，而且是頗為昂貴的進階級球型關節娃娃。
這個商品最神奇的地方是，它不但單價貴，而且配件什麼的都很貴。可是，僅管高價、只要一旦買了娃之後，就會忍不住開始買各式各樣的頭髮，眼睛，並且為了搭配這些頭髮與造型，不由自主地開始訂購或製作各式各樣的衣服和鞋子，然後，就再也爬不出坑，回不去了。

在商品設計上，這招可說是最極至巔峰的設計——讓一隻羊被剝了好幾層皮，而且被剝了皮的羊還在那邊喜孜孜的忙著想：「嗯！我還有什麼皮沒被剝到的呢？」

以生產者的角度來看，這種商品最厲害的地方就是，它用一個商品的誕生，帶動了開拓了一整個產業。

比方說現在正在王道上飆車的智慧型手機，手機是一個主商品，但是隨著這個商品的誕生，帶動了各式各樣的下載軟體、銷售平台的開發，以及那些如雨後春筍般冒出的各式各樣的周邊硬體、衍生商品和為了專司販售而出現的商家囉！

詳情請見第四章吧！

在消費者買下主商品的同時，就已埋下了將在購買後爆發開始不斷想買各式各樣大大小小衍生商品的地雷，只要走上買了王道商品這條路，之後就會不斷踩到埋在其中分散各處的地雷。啊！中！啊！中！啊！啊！啊！連三中！一路被炸到底，一路買到爆！

身為一個設計人，如果你設計出這樣一個商品，你就發了威了爆了！

身為一個設計人，如果你沒本事發明這樣的商品，那麼趕緊整隊跟著齊步走，設計、開發一些王道上的小地雷，同樣也是相當好！

要不要拿來賣的學問

各位設計人及準設計人，是不是每次回眸望下自己的
櫃子跟床頭都心中一驚，嚇出一身冷汗了呢？
別怕別怕，其實玩物也未必會喪志（只是會堆滿房
間），而且玩著玩著，常常就會玩出商機。

先從簡單的說起。如果你家中堆放了各式各樣的玩
物，堆到無法無天、無地放屎的話（笑），你真的要
考慮放掉一些。網拍或者寄售都是初階的好方法，基
本上這不費什麼額外的成本。

早在你帶它回家時，該花的已花盡了。

而且這也是種好好告別這些沒能妥善照顧的寵妃的方
式。幫它找到下一個狂戀它的人，是前度該做的！讓
人家堆在角落積灰塵、活生生就是剝奪人家尋找真愛
的權利啊！而且放下一些愛已冷的，才能得到一些愛
加溫的。

再來談談進階版的玩出一片天。
當你愛到發顛的同時對未來產生了罪惡感，那就是你
覺醒的日子到了。如何將你深愛、並且投注了大量心
血和光陰的玩物拿來換成財富，這就要看你如何去運
用、結合了。

於是，我們見到玩家們發展了自己的系列商品。
玩人形的設計了自己的人形系列，玩單車的設計了新款的車型，這些都是玩到海枯石爛，轉個身又見海闊天空——totally玩開了的設計人啊！

要玩、敢玩、就要玩得開，這是我每次要開始燒錢時告戒自己的真言，小賣有小賣的怡情養性，大賣有大賣的龐大商機。
身為玩物不喪志的設計人，熱情的想想如何把你的熱戀，變成銀子喔！

金子更好囉！金價可焱風著呢！

讓人無法自拔的球形關節娃娃

因為想要尋找一個在日本看展時煞到的娃,所以練習上網拍尋找網路商家。結果發現了一種很奇怪的娃:只賣頭,而且還分為開眼、閉眼,因為夜深,而本人又多做虧心事,嚇得厲害,但卻也念念不忘,實在是太精細了,而且材質感覺很溫潤像陶瓷。隔天請教了娃癡友人,大略了解後,就開始了我的不歸路。

因為手工限量,材料以重量計價,還有其他種種原因,BJD(BALL JOINT DOLL球形關節娃娃)很貴,入手也十分困難。

除了要懂外文、要有PAYPAL、要經常掛網,還要絕

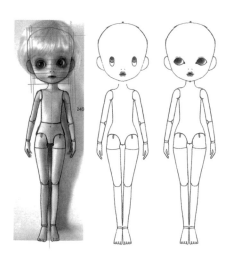

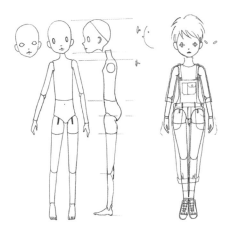

對有耐性和理智。總之，那幾年（事實上我到現在仍然很沉迷，但止於觀賞了）我的確花了很多光陰在研究、玩耍BJD，巔峰時期，十幾二十顆娃頭等著我上妝，那可說是玩到有種被逼上梁山的感覺。

玩這個娃，我真的用生命去賭了，因為早過了辦家家的年紀，回不去了，所以我用專業人士的玩法來玩。

我玩的是組裝和上妝，經常與拋光後產生的細小塑料微塵和有毒溶劑為伴。

為了讓上妝效果完美，配件（髮啊睫毛啊眼珠啊什麼啊什麼啊）也買了沒膽回顧的數量。

總之！拚了！真要命的太好玩了！

我去了日本最大娃場的展售會，清晨四點出門冒著曬成人乾的危險，排隊等到將近正午時分，結局是白忙一場，確定無法獲得購買機會。也曾一周兩次，一

次連通車時間超過十二個小時的從台北到台中上娃衣製作課。

我一整個玩瘋了，完全無法下好離手。

然後，有一天，我發現進工作室要踮腳尖找路，再也無法好好的腳踏實地時，才驚覺事態嚴重。

滿滿一屋子的娃頭和娃用品，接下來的日子要怎麼過啊！驚嚇之餘立即痛下決心，敢玩要敢賺，現在，我正著手進行娃的設計，從結構到造型，然後還有配件開發什麼什麼的。我堂堂正正的買了那麼多樣品做了那麼多測試，也是時候來小露身手了。

都說養兒防老，我這個玩娃也要玩出一座金山一片銀海啊！

今天我們要觀察的主題是——讓一隻羊心甘情願被剝好幾層皮的商品及辦法。

從事便利店商品業務工作的朋友告訴我，在便利商店裡那些放在最底層，擺明了就是要小孩子中招的商品中，「小錢包」是賣得最好的。
這實在是匪夷所思，我不得不試著推理一下：

1. 小錢包這種東西很實用：天天都要用，而且一天要拿它出來好幾次。
2. 因為一天要拿很多很多次，所以它折損度很高。
3. 但是它的單價低，所以就算用壞了用舊了，也能毫不心疼的買新的。
4. 因為同學們常常換錢包，所以只要推出了新的造型或主題，就算沒用壞，也會覺得「換個新的也沒什麼大不了的」。
5. 於是就常常換。

到這裡我們彷彿找到小錢包得冠軍的原因。

接下來就是從推理中發現的另外的線索。

6.但因為最常掏零錢的場所就是便利商店，所以，當
　然也就隨手在便利商店買下新的小錢包。
7.買了新的小錢包之後，用小錢包的零錢買東西的地
　點，頻率最高的依舊是便利商店。

好了！我找到結論了！
也就是說，錢包已經是在便利商店買的了，而錢包裡
面的錢，往往也因為習慣性的在便利商店買小東西，
而再度回到了便利商店的收銀機中！

所以，今天的便利店觀察就是：
請你看一下便利商店櫃台附近的這些低單價商品，會
讓大家毫無戒心就失去控制買下手的物品有哪些？理
由是什麼？
順便找一找，有哪些厲害的商品默默的就讓消費者成
為千層皮的肥羊？

第八關
始於觀察

一個設計的發想，
光是在腦子裡繞圈圈是不行的，
現在就走到街上去瞧瞧，
看看大家都在玩什麼，
就知道設計能夠怎麼玩了。

市調很重要

創作最開始的地方是使用和觀察。

設計人很容易本末倒置，因為想要設計一個東西，所以就生出一個東西。但事實上，真正好的、實用的、可以嗅到大賣氣味的設計，都是有很多人需要它；真正實用好用的東西，好的設計人扮演的角色，是發掘這些具有市場需求的商機，想出絕妙的好點子，美化它，做出既美觀又實用的好東西。

你所能做的只有簡化.繁化.美化.醜化.
濃縮.析釋.蒸餾.混血.沒有任何的可能
再生出一個全新的東西.但你可以異種交配.
設計出長脖子的熊.水裡游的兔子。

也就是說，想要設計的慾望固然重要，但是這東西到底應該怎麼下手，還得要先仔細觀察一番。

比方說想要設計一個包包，就要先徹底的去使用一個包包，使用之後，你就會有很多感想。

發現這個包包是不是料子不夠挺？

背帶背起來不舒服？

內袋夾層夠不夠使用？

你會發現種種設計上要特別注意的事項，也會發現種種可以去改良發揮的地方。

接下來必須要在路上觀察，看現在大家都在用什麼？店裡在賣什麼？看現在流行的包包長什麼樣子？什麼樣的人多半使用怎麼樣的包包？

先觀察，再記錄。

你可能得連續花幾個下午的時間在商場、鬧區或學區，做記錄，統計一下，做成數據。

將這些資料整理出來，找到結論和大概的方向後，才能開始進入下一個階段去想，如果現在有個機會讓你設計包包，該怎麼勾勒出一個理想的包包。

觀察（包括自我體驗與觀察其他人），記錄(做市調、做研究)，然後才是創作，才去create一個東西。這是一個很重要的過程，缺一不可。

最怕的就是順序顛倒了來做。

很多設計人是先create，靈光一現有了一個構想，就先做產品丟到市場上，好的話就大賣，不好的話就全數退回。事實上，create了一個商品才來做市調，就某方面來說也並非完全不行（這個部分，我們放到最後再說）。比方說財力雄厚的大企業，的確可以先做出個東西來試水溫，或者說他根本就是業界的龍頭，一切都由他開創，他說了算──當然也可能老闆就是一個非常熱血有衝勁的人，開業的宗旨就是衝衝衝，只要你敢設計，他就敢出資、他就敢賭……只不過，大概97.63％的設計人都遇不到這麼帥氣的機會吧！設計，終究是要面臨市場的考驗，所以，必須先觀察，做好市調才著手設計，這是真正有效率的方法。

做做包包

對於一個經常旅行的人來說，包包的重要性恐怕僅次
於生命。

包包是旅行者的家。它除了裝載旅途所需之外，包包
本身也有許多其他擴充功能。

我曾經一次又一次的在不同國家、不同城市對包包的
使用習慣做調查，我發現，生活習慣和風俗民情對包
包的流行和使用有極大的影響，不實際去觀察跟做記
錄的話，很難憑空想像出來。

一般來講，做商品的企劃之前，都會先做消費群的鎖
定和販售區塊的規劃。這些多年來的觀察和親自使用
感受的心得記錄，在我往後做袋類設計時，派上很大
的用場。

我肯定，觀察與記錄這件事情，的確可幫助設計人立
即進入狀況，並且做出符合專案需求的好商品。

設計人首重表象，

實乃天地正氣也。(笑)

表象之外，內容居后。

Put in or not put in, it's a question.

*提把長度.
牢靠度都很
重要.它必須
能支撐
一定程度的
重量。

*貼背的部份，
有襯棉會舒服很多，
但容易造成悶熱。

*背帶裡面軟膨的
東西，我們稱雞腿，
雞腿品質,關係著
包包背起來的舒適度。

*包包的外袋.
內袋.半袋
側袋 的設計
與分配.
經常能左右
消費者下好
離手的心意。

*側邊束帶能
調節包的厚度.
同時能加強
固定內容物位置。

*包型是胖大
或瘦長.直接影響
使用者形體給人
的觀感.其重要性
亦不可輕忽。

*背帶車縫
的牢靠度是沒得商量的。

*至於包包的材質.承重力.耐水性.
挺度.耐用程度,就是另一片
浩瀚的大西洋了.待我們跨過
眼前這道市場分析.產品設計的
馬里亞納海溝,再另行研究。

市調無處不在

隨時隨地保持觀察和做記錄的習慣，並且將市調記錄
做出歸納找出結論。有什麼就觀察什麼，觀察了，求
出結論了，養分通通是你的。

除了觀察和統計，我們還可以做一個有趣的練習。
在工作之餘，忙裡偷閒為路人編個劇情配個音如何？
發揮一下想像力，自娛娛人。
我喜歡坐在捷運站口附近觀察路人，幫他們想故事、
配個口白，鍛鍊説故事的能力。同時也是練習讓自己
用他人立場思考的好機會。對理解不同族群消費者的
心理，有一定程度的幫助。

說到觀察，我常為想實現
腦子靈光乍現的想法激動
不已。

當然我也總是為了跟隨路
上的觀察對象，一路跟到
忘了自己本來正在幹嘛，
迷失了方向。

遇到獵物，就緊緊跟上，
這是觀察者的天職。

練，習題！

現在我們來玩個市調遊戲。

選定一個你感興趣的項目，找個適當的地點，坐在路邊觀察一個小時。

試著統計這一小時內從你面前經過，腳踩帆布鞋的有幾人、皮鞋的有幾人、穿運動球鞋的有幾人。

或者，一小時內十指緊扣的情侶有幾對，邊走邊吵的有幾對。若不特定項目，單純的將觀察到有趣的現象記錄下來，也是很好的流行趨勢嗅覺靈敏度練習。

第九關
變身設計人

身體是舞臺,服裝是演員。
改變穿著,
讓自己由外而內徹底變身設計人。

從外到裡當個設計人

穿得像個設計人是「I'm設計人」的第一步。

如果你下定決心要當設計人，僅管你還不是；可能今早醒來匆匆立下志願，或者你才剛開始打算要走這一行，whatever，當你內在還沒準備好之前，外在就應該要先散發出設計之光。

喔！喔！就是這個光、就是這個光。

你設計自己、包裝自己、讓自己一步步進入這個「I'm設計人」狀態，工作的時候讓自己能更加進入狀況，客戶也更能因感受你強且濃的專業度而眼角泛著閃閃崇拜與信任的淚光。對！你就是個設計人！對！我就是設計人！

怎麼了！幹麻突然呼口號？！

青春設計人在穿著方面，我建議，整體打扮採用單色系，一般來講，黑色會是首選——黑色是公認設計人最標準的衣著顏色。紅色太喜慶，設計人不好那麼喜孜孜（笑）；橙色太陽光，設計人多住夜行館；黃色太浮跳，這對客戶來講根本是直接out；深藍一副心機很重的樣子，但我們可是走好傻好天真路線的呀；淺藍太嫩，一整個卑鄙（baby）、讓人信不過；紫

色特異，當然也有好看的紫，但不管什麼紫，當某人一身紫，你只想到便利店的低卡巨峰果凍；關於一身綠的愛地球效果就盡在不言中了啊！特別一提的是，當身穿全紅、全橙、全黃、全綠、全藍的設計師聚一起開會時，會讓人很擔心地球危險了呦！

地球防衛行隊就要出動了！

別的先不說，對一般人而言，光看到一片黑嚕嚕的人走過來，就會在心裡驚呼：啊！設計師來了！

還是說...你以為是催狂魔?! ooh no! 去去武器走!!

但黑色的衣服也不能隨便穿，沒搭好的話，就會穿出告別式的fu，這個玩笑可開不得的！還有一點但不是最不重要的一點是人們深信黑色的衣服穿起來很顯瘦，為了想要瘦成扁板子，雖然穿了似乎會顯瘦的黑色，但卻又做賊心虛選了very大、over大的服飾，結果果然是over大very大，一整個就像是會走路的黑色帳篷。嚇的勒！使不得！
我們該選的是穿上了顯得很有格調、很有品味，順便還會讓你看起來滿瘦的黑色衣服，想要達到這個目標，最高的指導原則就是要穿得俐落。

俐落是王道，對設計人而言，你穿得俐落簡約，人們會將這個印象聯想成你的設計風格，當然，當你穿得

披披掛掛、叮叮噹噹，人們也將視之為你的設計風格便是如此拖泥帶水、不乾不脆、雜亂無章。身體是舞台，衣服是演員，端看你想讓人看什麼樣的戲。

穿搭黑色的服飾，我喜歡日籍設計師作品。日籍設計師既放又收，能靜能狂，時尚且經典，非常適合設計人穿搭。

但話又說回來，如果一身完全是設計師品牌的衣服又常顯得太隆重太炫富，像在幫品牌走素人秀。不過，說到底，畢竟我們不過是才華洋溢、青春滿溢、可愛到流湯的設計人，所以一定要在打扮中不經意的透露出一咪咪青春可人自我流的氣息。比方，戴一頂什麼帽，比方，穿一雙帆布鞋，或者在手上戴幾個小圈圈……完美啊！卑鄙！

另外，如果你有一雙巧手的話，趁勝追擊，在身上戴一點DIY展現出手巧氣氛的小亮點也是不錯的選擇。要特別提出的是，在一片黑漆麼烏之中，綴上一個你喜歡的顏色，是一個很有趣的實驗。三原色、螢光系的顏色或是某個很喜歡的三次色，都能成為黑暗中的光點。在走過一片黑的設計人青春期之後，你可以雅緻低調的三次、四次色或是印花來做你的招牌打扮，但那將會是在你化成灰都還有設計味、好幾年之後的事。

對設計人而言，辨識度高、增加記憶點不僅僅存在於作品中，設計人自身形象的建立也當是吾輩立志追求的目標。不過當然也犯不著為了增加記憶點，或為了

強調自己是設計人就在身上太搞怪。設計師生命的宗旨：該要是強而不過、巧而不怪，千萬別在穿著上又走偏了啊！

HAND MADE

設計師首重眼神。

如果已經確定你弄不來

如←左圖這般炯炯

有神豆豆眼。

別灰心。你可以戴

一副手工膠框眼鏡。

喲喲！是文青的Fu喔！

喜歡白tee，
沒有印刷的
那種。

媽媽對此
看不順眼，
說：好像男生
的汗衫喔！
（大概是想氣我。）

可是媽媽，
就是喔！
男生的汗衫喔！
搜利，有我
這種穿汗衫
的女兒。

談到記憶點，最直接的方式，
可能是來個刺青吧！
某個夜晚，我去7-11覓食，
因為熱，我將短袖挽起，
有兩個小男孩對我很好奇。
小男孩A問我是刺青嗎？
　怎麼是蓮花？我很驚訝
　他能認出是蓮花。一時語無
　倫次，說：是刺青喔！
　用針"都、都、都"的刺，
　流很多血很痛喔！小男孩A
　面露惶恐、好像嚇到他了。
此時一旁未出聲的小男孩B
突然大聲說：可是，你好像男生喔！
然後就和小男孩A手牽手、奪門而出。
怎麼樣了小男孩B，你是幫朋友報仇嗎？
幹嘛撂狠話啦！

孩子！
等等我啊！
我想解釋！
please don't go啊！

身體是舞台,服裝是演員。
千萬別將不OK的演員
弄上舞台喲!

• 白 tee, 矮加矮 no.
我說穿全黑才是王道。
但加個白色也不算
跳 tone. 我支持。

• 護腕是一定要的
基本配備。它象徵了
勤勉、幹勁、和帥氣。

• 非穿不可的白皮鞋
• 皮硬挺:毅力、決心。
• 皮軟 Q:思想靈活、多元。

・帽子是造型，
經營自我形象的利器。
小tip：髮型殘了，久沒洗了，
也能完美遮掩。

・首飾也是很不錯的記憶點。
我不怎麼嘗試新款，
所以大概都是同一款。
就顏色不同。

・日籍設計師的作品。
除了是品味象徵，
也透露出等級的參考值。
另一重點是尺寸較合適。

・很熱還是要穿的內搭褲。
象徵工作中吃苦耐勞
的情操。

・赤腳穿鞋是
沒有香港腳以及勇於嘗試
開創新局的表徵。

練，習題！

之前我們設計過自己的專屬簽名，今天我們要來設計
一下自己的專屬Logo，這樣如果有一天忽然你要成立
一個屬於自己的品牌，Logo就可以拿出來用了。
下面這張圖是我爸爸幫自己設計的Logo。
我問他，為什麼要畫一個馬頭，我以為這有什麼特殊
的意義（但是他並不屬馬啊！），沒想到我爸想了好
一陣子，說：「其實我也不知道。」

第十關
設計無限大

生活中隨處可見設計，
身為一個設計人，
若能擁有嗅到商機的能力，
靈感就永遠不會枯竭，
永保創意無限。

別小看小設計

別以為不做設計這一行，就不需要了解設計。要知道啊！人們總是因為一個小小的不同的設計，讓錢就這樣默默的輕輕的從錢包裡跑了出去。於是，當你花點心思了解設計是什麼，你的打開錢包的次數和速度就可以克制下來──喔不，恐怕只能是花得比較甘心。

從另一方面來講，蓋房子、造飛機，這些當然都是令設計人荷包金光閃閃的大設計，但你也許不知道的是，一個小小的說來無聊的設計，裡面也可能蘊藏著無限商機。

比方說此刻，我的筆袋裡面有一套好簡單好可愛的原子筆；我買了整隻是黑的桃紅的，昨天發現新出了黑底白點的、桃紅底白點，所以一口氣買齊了，純粹因為這些個白點點很可愛，握著這些筆時心情大好。但仔細想想，這根本就是同一個東西，製作上面根本毫無不同，只是印上了不同的顏色……或只是加了些點點。

可惡！被騙了！！就是加了小點點嘛！！！

但對消費者而言，一旦消費者愛上了這項商品，只要推出同品項不同款式的商品，哪怕只是不同顏色，也會讓消費者趨之若鶩。

可惡！被騙了！！真的就是加了小點點啦！！

腦筋動得快的商人再搞搞限量或者特販商品，啊！這對消費者而言真是甜蜜的負擔，再苦再難的搶購也甘之如飴啊！

因此，這就是我在此書所有設計理論中最後要提供給大家的概念：
做設計的時候，你認定這個案子畫完就結束，抑或是你覺得這個設計應該是有未來的、有延展性的？
如果你已經預想到這個案子的延展性，那應該要怎麼鋪排，讓它可以確實有效的倍數成長？

瞄準市場，
直接用消費者反應測試

在我身處的產業裡，最有規模，也最具挑戰性的，就是耶卡季節。

對我們而言，耶卡季不僅僅是一年中的大季，它可能佔了一年中令人驚訝的全年收益比，但更重要的是——我們能利用耶卡季這個特殊的節慶行銷季節來進行新圖像系列的測試。這樣特殊的行銷活動季節，它的能見度很高，通常配置有獨立的陳列擺設。所以在這個時機推出新圖像就能夠直接對客戶做市調。

由於這個測試是直接面對消費者實際的消費行為，因此，這比任何的問卷市調都要千真萬確。我在做耶卡設計時經常會夾帶像這樣的想對消費者做直接市調的作品，確實把握住瞭解消費者喜好和需求的大好時機。

接著，就要講講之前提到過的：做設計的時候，你是將它視為單一的專案來作，還是希望以後能發展成為一個系列。

是！我承認這真是有夠蠢的傻問題，當然人人都會想要做成一個系列。

> 人人都想當少男少女殺手，沒有人會以成為
> 一片歌手為目標、自我期許吧？

所以在設計之初，你就要把這個願景放進來。比方說，你畫了一隻熊，那它就不能單單只是滿可愛或滿有個性的一隻熊，除了吸引目光、辨視度高的造型之外，它還要有一個記憶點很深的特殊性格，然後，你還要給它一個故事背景，你要給它定一個主題。

當然，每個系列一開始的時候，它可能都只不過是一個專案，也許只是設計一套四張一組的卡片。舉個例子來說，假設我畫了一隻可愛的熊，我要它傳達的訊息是「友誼」。在開始設計這隻熊的造型和設定時就安排算計好，找出梗子，留下伏筆，它可能會有朋友出現（呼應「友誼」的主題），之後還會和朋友有怎樣有趣好玩的故事發生，這些都是在設計之初就要先大略規劃的。在對消費者直接的市調之後，反應佳的，就極有可能開發成系列。這個時候，這隻你早已偷偷埋下伏筆，背著梗子的小熊，立刻就能一躍而升，成為下一個大賣系列的主角。

耶卡季節龐大的見光度，就是最好的測試時機。只要這款造型的耶卡能賣，幾乎就可以確定這條線往後的發展性無窮。

消費測試的實際方法

利用該產業的旺季從事實際的市場測試，固然最好，但你的提案未必總是遇得到旺季檔期的好時機，那麼，在一年的其他月份，你應該要怎麼讓這種思考模式，也能落實呢？

當然以下的原則也絕對適用於旺季。

你可以在實體通路及網路上做市調，先選定一個市面上現有好賣的商品或品項，將你想做的圖像套入其中，當然若做些改良，增加一些附加功能或更精良美好的包裝設計能更顯誠意。

請注意！用此法開發商品，應只用於最初的測水溫時期，之後的系列開發，還是期待能見到設計人的創意和設計功力。

進行市場測試商品的原則如下：
選接受度高的單品：因為是直接拿現有賣得好的品項發想改良，所以市場接受度是明確的。要知道你現在推出的商品已經直接面對市場考驗，跟打打電話或者街頭問卷市調不同，賣不出去就等著退貨，所以，打出保險牌是較明智、安全的作法。

單價低、製作簡單、工時短：別花太預算在測試市場用的商品上，用簡單、便宜的商品測試一樣看得出你想要被測試商品的市場接受度——你要的就是這個。你可以設計四款到八款不同的主題和造型，但是性質相同的商品，一次過直接面對消費者進行測試。

透過銷售業績，從這四到八個主題及造型中，你能挑出兩三個銷售反應最佳的來進行下一步——規劃成系列商品。而只要最終「中」了一個，你就成功了。You did it!you did it!

無論是一般的商品設計，或者是頗受矚目的創意市集，不要孤注一擲，多觀察，多分析，多做測試之後再下定論，減少自以為是到頭來自產「滯」銷的情形發生。試試直接市場測試，讓款多單價低的商品領頭，由銷售數字來做最終的裁判。

設計到底是為了什麼

我並不是強調「設計」一定非得要完全的業務走向、這麼功利的想法。

但,設計畢竟不能只是設計人做來給自己開心,好的設計必須要讓大家都能有所同感,有共鳴,能令大多數人接受,而設計人還因此可以獲利,所以,你對市場的需求,愈有正確的理解,這樣愈能讓你可以貼近真正的市場繼而開創出新市場。

當你找到方向,朝著方向,發揮創意,才能真正達到你的目標。

感到遺憾的是,有些設計人不怎麼同意這樣的想法,堅決要背道而馳。設計人自視甚高野心強大,覺得自己就是王道,執意想怎麼做就怎麼做,然後十足闊氣,一口氣推出全系列商品。當然並非絕對不可行;我們要相信自己的眼光,選所愛的,做想做的,人總要有冒險犯難的精神。是的,但若非你就是該產業領頭者,或者你能夠自產自銷,否則,說真的,拿老闆的錢這樣燒,不是很好的心態喔!

這就像是,年少時我經常去旅行,喜歡當背包客,每一天在異地醒來,什麼都沒想就出門,反正有的是時間,而且什麼都覺得有趣新鮮,因此我總是繞了一

整天都在同一個地區。我很享受也不否認這是一種天真浪漫的旅行方式，只是，我不得不承認，如果預算有限、時間有限、目標明確，現在的我一定會希望花同樣的金錢、同樣的時間，能夠得到double，甚至triple的收穫。

設計人遇到的問題也類似這個情形，也許有些設計人就像是，早上醒來，好！我就這麼幹了！然後就做了整天的工作，但常常忙東忙西繞了一大圈，也不過在原地轉圈。如果事先做一點資料收集、做一點規劃安排，打開心眼，在路上同樣可以獲得驚喜。但不同的是，收集了資料、訂定了目標，你的收穫會更大。

做做角色設定

那麼順道談談角色設定。
關於角色設定也絕非興之所至。
一個角色的誕生，就算是完全幻想式的角色，也要盡
可能設想周全。

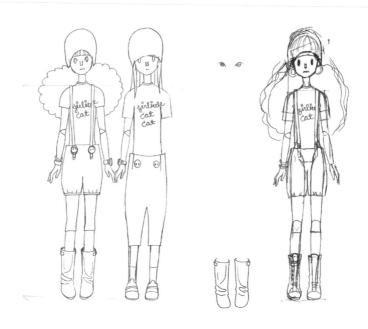

117 GIRLITTLE CAT

116 GIRLITTLECATCAT

這是一對的設定。
進行單次專案時就決定了。
兩個角色性格
同時存在著相同,相異
的部份。
在未來延展成系列
時能有很大幫助。

如同一個生命的誕生。
外形.內在都必須
做出設定。

為了協助角色發展,
星座.血型家庭背景.
性格.言行舉止喜惡.
一切特徵.甚至要
為他準備招牌動作
和口頭禪. slogan…。
內在的部份做足了.
角色就一整個活起來.
開始自己演戲了!

再談角色設定

我們再來聊聊關於角色的設定。成功的角色設定不只是造型鮮明有特色，角色的性格也要生動、鮮活，對消費者來說，有著很強的存在感。

對創作人來說，筆下的這幾個角色是能夠自己動起來、發展出故事情節來的。那麼要如何讓角色活起來呢？在確定工作的屬性和需求後，我會用一些關鍵字，大略先將角色的性格定義下來，再藉助星座書上個性的分析，開始將這個性格框出來。並且根據平日對人和環境的觀察，將對應性格的言行舉止記下來，選出特別有「戲」的部份，強調、誇大，通常加上用高反差的衝突來演繹會有很好的效果。再依此設定想出一、兩句專屬的口頭禪，或許還加上招牌動作，接下來將設定好的角色放到你給它的環境裡，再依此想出一些有趣的梗。如果角色不止一個，那麼從放進設定好的時空背景裡的那刻起，這些你設定的角色就會開始有互動，開始演起來，源源不絕的創作靈感就此展開。

這裡簡單舉個例，比方說現在我要做女孩子的設定，我希望她是「時尚、有個性」的，所以我給她一個街頭時尚感的外形，我希望她是一個崇尚自由、熱愛旅行，雖然長得很可愛，但性格有點男孩子氣的女生。所以根據星座來看她應該是射手座，射手座在形象上可能多變，能靜能動，所以她可能會有幾個不同的造

型，特別喜歡有點boyish風格的打扮。我設定她是高中生，所以將來她會要和幾個同學有互動，需要在高中生活這部份多著墨，因此我要對高中生有相當程度的了解，要去找參考資料，然後描寫適合的口頭禪讓她更鮮活。比方說「大概吧！」或是「的呦——」之類個性化的語助詞。她有一隻奶奶送給她的小兔兔，如影隨形的帶著，將來的夢想是開一家蒐集了世界各地，各種造型的小兔兔專賣店；店裡有書有布偶、有……現在你是不是和我一樣，突然見到這個女孩躍然紙上，聽見她在你身邊笑嘻嘻的呦的呦的訴說她的夢想呢？你也試試，練習為你設計出來的角色，進一步做出性格設定吧！

練，習題！

便利店是怎麼組成系列的？之前在第四單元時我們已經觀察過察便利商店是怎麼用小箱子組成小專櫃的。

現在我們來看深一點，小專櫃裡頭，是怎麼分布安排這些商品，哪些商品是將現成商品湊成套的，而哪些是先抓定了主題，再延展開來的系列性開發商品？

舉個例子來說：我觀察到便利店先抓緊了「現代人營養不均衡，需要吃維他命，但是每天都上班都遲到，來不及出門前吃，買了大包裝的維他命也枉然」的訊息，於是開發了「一日維他命」。

運用這一個單元提到的「利用消費者購買行為做市調」的作法。首先在特別的專案企劃中推出較大及較小兩種容量的罐裝維他命，在特定的期限內販售，特販結束後將收集到的資訊進行匯整，準備開發新商品。超商業者參考郵購業者販售維他命的包裝方式，做了一系列隨身攜帶的小包裝維他命。

「隨身包維他命」可視為「同一線商品」，我們說過，在同一線商品中，可以做幾組不同的變化，同步測試消費者反應。

於是我們發現超商針對「熬夜」、「營養不均衡」、「美麗」這幾個主題分別推出了不同功效的產品，這

就是確定了這個品項(形式)的商品銷售佳後從中再細分出不同功能(口味)，讓它們直接面對市場做測試，看看這三個主題哪個反應最好——同時，更重要的是，便利店能利用收銀機系統，記錄下購買商品的消費者喜好分佈，年齡層和購買時間點等等有效資訊，協助商品開發更加精確的定位。

最後輔以獨特的口語式包裝，突破了傳統的維他命ABCD公式，做出令消費者琅琅上口的商品名稱。就像是內心獨白，讓人會心一笑，到此即成功完美的打出商品的特性並踏上暢銷商品的康莊大道。

是說，商品設計到了這個邊上，可以說已經距成功不遠矣，但要特別提出的是：產品名稱和使用說明。在這個我手寫我口的年代將愈來愈受重視，也愈來愈能左右消費者的購買意願，在供大於需的市場裡，人們願意掏錢買的，往往只是一個fu。因此，設計人要有點文化人的底，也就在所難免了。

那麼接著繼續發展衍生下去，微波食品、飲料，以及所有店內商品，都可以利用這個經由「維他命」商品發現到的消費者喜好及商機，延續想法當成商品開發的指標。由此可見認真做市調的重要性和必要性。

是啊！不可思議吧！經由小小的維他命商品，我們能夠深入觀察到這麼多有趣的現象和事實。那麼接著，你也來找個商品，由淺入深，徹頭徹尾的分析來研究一下，相信一定會有許多意想不到的大發現喔！

喂喂！還沒結束！

你發現書衣打開之後還有東西嗎？嘿！如何！噔！是
一張超fashion塑膠袋手工提袋的版型！

1. 首先去一趟便利店，買很明顯雙手環抱都抱不了的
   商品數量，然後在店員問你要不要買袋子時輕快的
   說「好」。

2. 回家後仔細研究一下這2塊錢一個的塑膠袋。觀察
   一下哪裡需要縫合，哪裡是開口。

3. 接著將封面背面附贈的紙型放在喜歡的布料上面
   描，紙型是對折後的一半，所以你的布也要對折來
   描。描完攤開才會是一整片完整，這不需要我說這
   麼詳細吧？

4. 貝北！有一就有二，記得無論如何勤儉持家，袋子
   也要由兩片縫合而成。

5. 到這裡，所有的教學就結束囉！祝大家玩得開心！
   咦，不知道哪裡要縫合哪裡要開口嗎？就照著那個2
   塊錢的袋子做吧！
   說到底，我也不過是照著那2塊錢的袋子描的呦！

好吧好吧，如果還是不知道該怎麼做，請上網下載
www.locuspublishing.com/cathie
或者，你可以用手機掃一下旁邊的QR
code吧！

凱西靈感教室

看了前面十個關卡，
十種好用的創意想法，
你是不是躍躍欲試，
卻又有點不知道從何著手呢？
你不妨可以使用本單元中的表單，
隨時做一點記錄。

創意表格

這份表格適合隨身攜帶，印出來裝訂成冊或是用空白本子對照著畫出表格，將生活中的所見所聞記錄下來。

在旅途中、開會中、欣賞了展或者讀了一本好書，看了一場好戲甚至是在和朋友談天中的靈光乍現，都應當立即將一閃即逝的想法與創意快速的記下來。

用將來還能看懂的筆跡寫下瞬間的想法、心得或創意。

如果須要圖解，也要試著畫下來。

如果當時手邊有參考資料，那就一起將參考出處記下來，或剪下來貼起來，之後要用到時就方便了。

表單可以用本書影印，也可以上本書網站中下載
http://www.locuspublishing.com/cathie
或者，你可以用手機掃一下下面的QR code，就可以來下載喔！

日期	時間	地點

創意筆記

圖解資料

觀察表格

將觀察的目的明確寫下來，對將來使用時會有幫助。
時段絕對會影響觀察結果，所以在設定好觀察對象的
同時，也應當先設想好去做觀察的時段，另一個要注
意的是，同樣的地點，如果因為時節的關係——
比方說有特殊活動的舉行，或者是因為天候而影響了
觀察區域的人口流量，這些也都要在備註中記錄下
來。
表格上4個細長格是用來寫觀察主題中分出來的細
項，細項下方的大格子是用來做記數的，比方寫上正
字之類的計數符號。
最下方一排是這個表格的重頭戲。
總結：即是這次觀察你得到的結論。
發現：是你觀察到的之前從未注意過的現象，或是與
預期相距甚遠的地方。
備註：可以寫寫此次觀察的整體感想，或寫上其他資
料參考等。

主題	對象	
目的		
日期 時段	地點 備註	

總結	發現	備註

117

變通表格

這是一份較特殊的表格，雖然不希望它經常派上用場，但一旦用上了，對面臨難題的我們會有極大的幫助。

比較需要注意的地方是：我希望大家將整個思考的過程都在這份表上發生。

所有的思考、變通過程都在紙上先進行一遍再實際的去解決，能減少無謂的嘗試和再次受挫。

把遇到的困難原原本本的寫出來，藉由寫下來的來進行思考解決對策；接下來，在「反向思考」的欄位裡，盡可能將原本的思考模式整個inside out, upside down來想；在「發想延展」的部份，則是先排除之前的擔憂和顧忌，什麼都不管，不想預算、不想可行性，大膽的無侷限，天馬行空的來無限發揮一下，自己與自己腦力激盪；「替代方案」這邊，你可以試著找資料，或向其他人請益，竭盡所能想一些能將遇到困難的地方替換的素材和做法；最後是「推翻」，即是在做過前面幾個不同的反覆思考後還是找不到對策，那麼不妨試試狠招：直接推翻掉cut掉那些確認過還是行不通的部份，將專案再做調整，不要繼續鑽死胡同。

日期	備註
專案	
主旨	
目標	
困難	

反向思考	發想延展	替代方案	推翻

專案表格

這是協助你將每次參與進行的專案做統整的表格。

比較需要注意的欄位是在最末一行的三個欄位。

困難：每一次的工作都是挑戰，只是難度有別，遇到的困難要老老實實寫下來，並在結案後徹底的對自己工作能力做省思、調整和加強。

解決：遇到困難後來如何解決，是以什麼方式處理完，也要記下來提醒將來的自己。

最後也是最重要的欄位是：學習。

也許此次的學習其實是人際關係，或是溝通的技巧。每一次的工作機會都會給我們不同的學習，不一定和工作項目直接相關，很多時候其實產生困難是在工作以外其他的方面，如果我們每一次都去思考這次我學到了什麼，相信不僅僅在專業領域上能有卓越的成就，在人生的道路上也一定能滿載而歸。

再回過頭說說上面一個很少見的欄位：協力。

其實在所有的工作上都會需要協力單位，尤其若是身處在大企業裡，愈是懂得運用其他部門或單位的協助，愈能夠將工作順利完成，如虎添翼，所以特別設了這個欄位，提醒一下，獨立工作固然不錯，但分工合作常常都能事半功倍，還能藉此培養自己的領導能力，一舉數得。

日期	
專案	
主旨	對象
目標	
創意	資料
協力	

困難	解決	學習

設計之後

高中畢業後家人都很忙，大部份的時間都只有爺爺和我在家。那個時候得到一個機會：知音公司的老闆要我自己想想要怎麼將我那一堆堆傳真和a4紙寫的信件整理成怎麼樣的商品推出──因為知音公司畢竟是文具禮品公司，不能直接做成書出版。和學姐們商量後，我決定要做一本能讀也能書寫的日記本，也就是後來發行的《白上衣藍短褲》。

剛剛都還是學生，現在突然給從小仰慕的大公司分派了這麼有趣的工作，每天都感到非常快樂的整理圖稿、謄寫文字，廢寢忘食不以為苦。因為桌上放了要描圖的燈箱，桌面變高了，不得不站著畫畫。整天在家的爺爺經常會過來看看我的進度，雖然沒有太多的交談，但對於一個膽小如鼠的我來說，在熬夜的時候爺爺偶而出來看看我在幹麻，的確讓我感到安心許多。

有一次我畫了張穿著球衣的凱西，爺爺似乎很滿意，看了很久，問我圖案旁邊那一行細小的字寫什麼。我答，「是我的英文名字。」爺爺好像感到很遺憾，「沒有中文名嗎？阿公看不懂英文。」隔年，小筆記書順利的上市，在我拿到書的前幾天，爺爺辭世了。我悄悄的將小筆記本放在爺爺的相前，跟他報告，

「阿公書出了，可是我還沒有寫上中文名字。有機會一定會出一本有中文名字的書，給阿公。」

又隔了幾年，有機會出一本真正的有ISBN碼的書了，終於有機會將自己畫畫用的名字正式改成中文了。

阿公，我寫上中文囉！阿咩現在叫「凱西‧陳」喔！

凱西創意小卡

邊玩邊腦力激盪了這麼多單元，會不會感覺有點頭昏
腦脹？彷彿拿了一堆寶物，卻不知道應該要先拿哪一
把來衝鋒殺敵。

別擔心，現在就來幫你這個忙。

我將之前提到的創意點子做成了小卡片，你可以沿著
裁切線把小卡片剪下來，文字面朝下，輕輕的洗個
牌，一邊洗牌一邊仔細的想一想，希望卡片可以指引
你一條明確的方向。

把你的問題想清楚之後，閉著眼睛抽出一張你覺得
「就是它」的卡片，翻開之後瞧瞧它要叫你現在從哪
裡下手。

演個內心戲

當你抽到這張卡，表示你已經陷入了牛角尖中，再怎麼想也想不出好點子。
不如先讓自己放空十五分鐘，暫時先拋開手邊亟需解決的問題，讓自己發個呆、隨便幻
想一下，休息一下再重新出發。

小叮嚀
可別一演內心戲就演出了一千集長河劇，或許你設個手機鬧鐘，十五分鐘就鬧鈴一下，
該做的事情還是得做。

挑挑錯

當你抽到這張卡，表示你可以從挑錯中發覺新方向。
你不妨先把你的原始構想寫或畫下來，然後假裝自己是歌唱比賽中最討人厭的評審，雞
蛋裡頭挑骨頭，拿一支紅筆，把所以可能有的問題都一一劃上。

小叮嚀
如果挑錯真的挑出太多，不如重新發想一個全新的議題，這樣會比一一改正來得快。

試著變通

當你抽到這張卡，表示你可以試著打破常規，由其他的路徑創造新想法。
你先把手邊要想的案子寫在一張白紙的正面，然後拿出另外一張白紙，無厘頭的徹底
覆原先的設定，然後再用第三張紙把這兩派紙的意見整合在一起。

小叮嚀
比如你可將原先要正經八百的提案，故意寫得三八今…或者本來要給小朋友的東西故
意弄成要給老人使用。

專款專用

當你抽到這張牌，表示雖然你幻想太多，點子太過零散而無法應用。請你一一把你構思
的靈感在紙上寫成小短句子，然後一一篩選，不相干的都劃掉，直到只剩下兩三個，再
將這兩三個融合成一個點子。

小叮嚀
被劃掉的點子也不要浪費，請寫到別的地方，下次還可以再拿出來用。

立即動手做

當你抽到這張牌，表示再多好的想法，沒有看到實際的樣子前都是空想。
請你立即拿出適當的材料（比如紙、布料，或者其他你想創造的東西），先粗淺的裁
出、揑出你想要的樣子，看看到底實際製作會不會產生問題。

小叮嚀
即使是很醜的假樣，都比空想要好，你可以用任何替代品來假裝你想做的作品，但不要
一直用腦袋光想不動手。

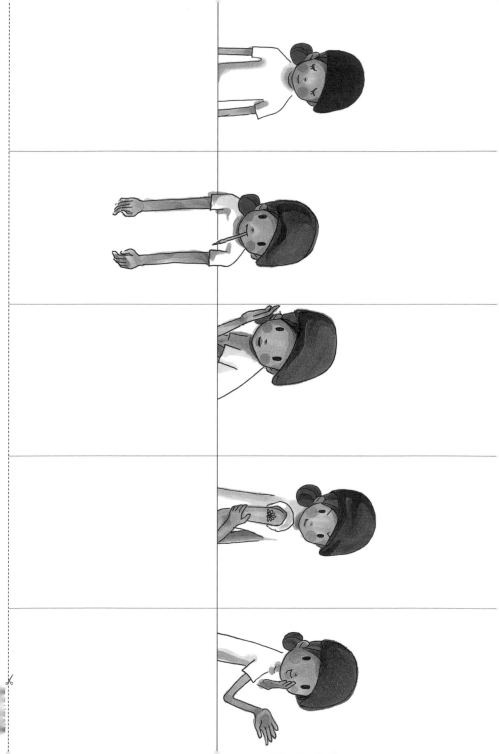

找出規律

當你抽到這張牌，代表你可以從來來去去的潮流中獲得靈感。

不妨去圖書館或者網路上找出現在正在發想的議題，照著年份與月份，找出相關主題，看看它們有怎樣的變化。

小叮嚀

你未必一定要跟著潮流做當下最流行的作品，但是潮流怎麼起伏不可不知。

玩物商機

當你抽到這張牌，表示你平常愛玩的玩物終於派上了用場。

環顧房間四周，看看你這些年來收集的愛物，硬把它們套入你現在正在發想的事物中，就能發揮不可思議的靈感。

小叮嚀

喂喂喂，用想的就好，不要一拿起玩具就玩起來了喔！

市調很重要

當你抽到這張牌，表示你應該立即拿起你的筆記本，計數器，立即走上街，看看現在市面上到底大家都怎麼做。

光是閉門造車想來想去也想不出一朵花，走上街頭看看大家怎麼做，這樣最快最實際。

小叮嚀

沒有計數器的，就劃正字就好，倒也不必真的專程跑去買一個啦！

包裝自己

當你抽到這張牌，表示目前你並不處於內憂外患，不妨趁現在包裝自己。

出去逛逛街，選購一兩件適合你的衣服或想買很久的配件，好好犒賞自己一下，而以後每次穿上這件衣服，你都要為自己自豪。

小叮嚀

蝦拼固然高興，預算可得拿捏好。

發展系列

當你抽到這張牌，表示現在你手頭上的案子有機會一變十，十變百。

所以你不妨想深一點，試著考慮如果同樣的想法，同樣的商品類比作成三個，你要怎麼平行發展。

小叮嚀

你可以將同樣的點子，平行多想幾個不同而類似的設定；也可以將一個點子深化，想成一個全系列。

LOCUS

LOCUS

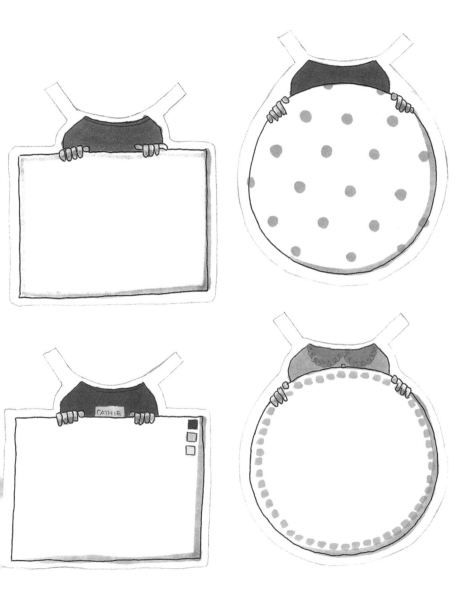